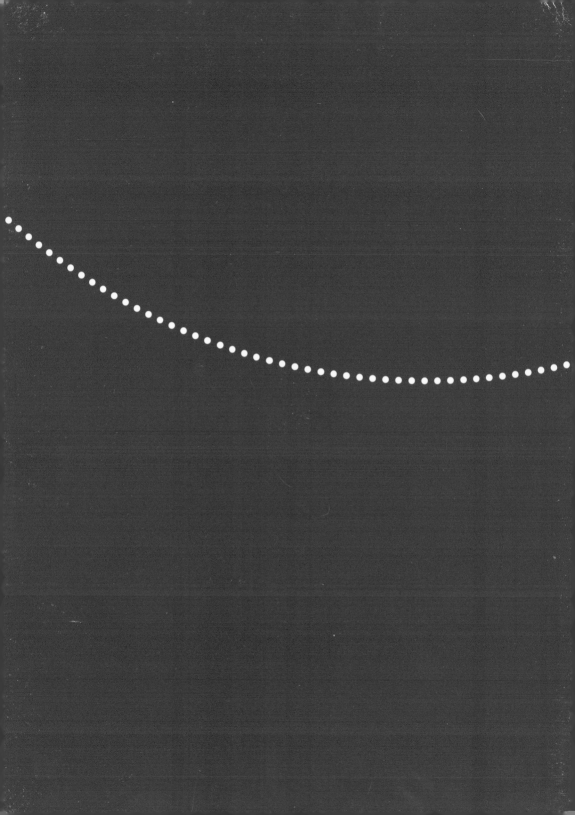

DISCARD

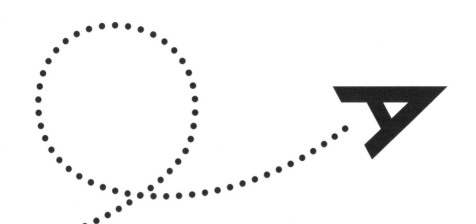

Estudio de grabación: creamostumusica.com

© Del texto: Ricardo Alcántara
© De las ilustraciones: Gusti
© De esta edición: Editorial Luis Vives, 2011

ISBN: 978-84-263-7443-1
Depósito legal: Z-578-2011

Impresión
Edelvives Talleres Gráficos. Certificado ISO 9001
Impreso en Zaragoza, España

EDELVIVES

ALA DELTA

Tomás y el lápiz mágico

Ricardo Alcántara

Ilustraciones
Gusti

Tomás vivía en una caja
de zapatos.
La caja era bastante amplia
y confortable, pero...
¡de allí no se podía salir!
Es que no había manera
de levantar la tapa.

Aunque, en realidad,
al pequeño Tomás
eso no le molestaba demasiado.
Dentro de la caja,
él se encontraba protegido
y a su aire.

Sabía que estando allí metido
no podría sucederle nada malo.

Había momentos en que sí
se preguntaba qué habría
detrás de aquellas paredes de cartón.
Eso le pasaba cuando se sentía solo.

Pero la idea de abandonar la caja
le hacía estremecer.
Así que continuaba allí dentro,
quietecito y recogido.

Pero un buen día sucedió algo
muy extraño.
Unos afirman que fue obra
de los duendes.
Otros dicen que fueron las hadas.
Lo cierto es que dentro de la caja
apareció un lápiz casi mágico.
A causa de la sorpresa,
el pequeño Tomás quedó
boquiabierto y sin palabras.
¡No podía creerlo!

El pequeño estuvo un buen rato
mirando el lápiz fijamente
y con cierto recelo.
Es que todo lo desconocido
lo asustaba más de la cuenta.
Pero, finalmente, decidió cogerlo.

«¿Qué puedo hacer con él?»,
se preguntó.

Pues... ¡dibujar, claro está!
Entonces, Tomás dibujó lo primero
que se le cruzó por la cabeza:
¡una puerta!

En un periquete,
la puerta quedó terminada.
Y solo entonces,
Tomás cayó en la cuenta de que,
si la caja tenía una puerta,
él podía salir.

—Oooohhh... —murmuró,
y se puso pálido.

«Pero... ¿qué habrá detrás
de esa puerta?», se preguntó,
temeroso y asustado.

La única manera de averiguarlo
era abrir la puerta y echar un vistazo.
Y aunque las piernas le temblaban,
eso fue lo que hizo finalmente.
    Asomó entonces
un poquitín la cabeza.
Luego dio un pasito, otro,
y poco a poco arrancó a andar.

Todo estaba oscuro,
¡demasiado oscuro!,
y eso le daba tanto miedo...
Pero curiosamente,
en el mismo momento en que Tomás
dejó de pensar en el miedo,
todo quedó claro y luminoso.
Como si hubiera salido el sol.
Entonces miró hacia un lado
y hacia otro: ¡no se veía nada!
«¿Qué hago aquí solo,
tan lejos de la caja?»,
se preguntó el pequeño,
poniéndose otra vez a temblar.

Bueno, tan solo no estaba,
tenía el lápiz...

Tomás lo miró
con el ceño fruncido.
¿Sería capaz de dibujar
aquello tan bonito
que estaba imaginando?

Pues... ¡nada costaba probarlo!
Inmediatamente puso manos
a la obra y...

¡Dio resultado!

Con la ayuda del lápiz,

Tomás dibujó una mariposa

tan bonita como la que imaginaba.

Desplegando las alas,

la mariposa revoloteó feliz y agitada

de un lado para otro.

No se estaba quieta
ni un momento siquiera.
Daba gusto verla
dar volteretas por el aire.
Dichoso y sonriente,
Tomás la seguía con la mirada.

Pero de pronto notó
que la mariposa
ya no estaba tan contenta.
Era como si las alas le pesaran...

—¿Qué te pasa? —le preguntó
el pequeño, alarmado.
—Es que no tengo donde
posarme —respondió ella.
—Oooohhh... —balbuceó Tomás,
pues no sabía cómo ayudarla.
Pero...

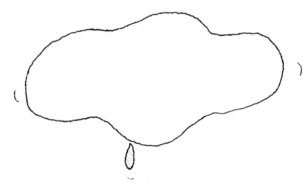

Por su imaginación
cruzó una nube,
y él rápidamente decidió dibujarla.
Era una nube regordeta y suave,
que se balanceaba
de un lado para otro
como si la brisa la soplara.
«No está nada mal», pensó Tomás
con cara de artista satisfecho.
Y cuál no sería su sorpresa
al ver que la nube crecía y crecía.
«Acabará por explotar»,
se dijo el pequeño.

Pero no, ¡qué va!
La nube creció
hasta volverse grande y abultada.
Entonces comenzó a entonar
una melodía muy suave.

Al acabar, dejó caer una gota.
La gota fue bajando lentamente.
Y cuando tocó el suelo,
como por arte de magia
nació una flor.

Era una flor espléndida.
Sus pétalos tenían
todos los colores del arco iris. Pero...
   —¡Oh!, ¿dónde estoy?
—se quejó la flor.
   Sintiéndose sola
en aquel lugar deshabitado,
quedó abatida
como si le faltara el agua.
Hasta que reparó en la mariposa...
Y la mariposa en ella, ¡claro está!

La mariposa voló apresurada
al encuentro de la flor.
Y la flor agitaba sus pétalos
llena de entusiasmo.

¡Oh...!, ¡vaya si eran felices!
Entonces entablaron
una animada charla.

Al verlas así de contentas,
Tomás reconoció:

«También a mí me gustaría
tener un amigo».

Y sin pensárselo dos veces,
decidió ir en busca de uno.

Caminó y caminó, y mientras andaba, no dejaba de preguntarse: «¿Dónde podré encontrar un amigo?».

Pero por mucho que lo pensara,
no daba con la solución.
Y eso le dejaba muy serio
y cabizbajo.

Avanzaba mirando el suelo,
o, mejor dicho,
la punta de sus zapatos.
Tanto que pasó junto a una pelota,
¡y ni la vio!

—¡Eh!, ¿dónde vas
con tanta prisa? —dijo la pelota,
y empezó a botar tras Tomás.

—¿Es a mí?
—preguntó el pequeño,
muy extrañado.

—Claro, llevo aquí mucho tiempo
esperándote.

—Y..., ¿por qué?

—¡Vaya pregunta! Pues...
para jugar juntos.

—¡Ah...!

Y sin más explicaciones
se pusieron a jugar.

Saltaban, reían con ganas,
hacían mil y una piruetas...
En fin, ¡se lo pasaban en grande!
   Al tener un amigo
con quien compartir su alegría,
sus travesuras y sus juegos...
   ... ¡Tomás perdió el miedo
y se sintió feliz!

Aquella pelota
le había robado el corazón.
Y Tomás ya no quería
separarse de ella.
¡Eran amigos!

Planeaban hacer juntos
un sinfín de cosas.
¡Sin duda que lo pasarían
requetebién!

Al cabo de un rato,
Tomás decidió enseñarle
a su amiga el lugar donde vivía.
Entonces se encaminaron
hacia la caja de zapatos.

—¡Qué pequeña!
—comentó la pelota.

—Sí —asintió Tomás,
que solo entonces se percataba
de que la caja era
terriblemente diminuta.
Es más, ya no se sentía a gusto
allí dentro.
Era como si le faltara el aire...
Pero pronto se olvidó de ello.
Es que él y la pelota
comenzaron a pensar en todo
lo que les gustaría hacer.
¡Y dieron rienda suelta
a la imaginación!

Imaginaban mil cosas diferentes.
Y sus sueños fueron llenando
la caja de zapatos.

Entonces sucedió algo
en verdad fantástico:
¡la tapa de cartón voló por los aires!

—¡Oh!, pero si no había forma
de moverla... —comentó Tomás,
entre risueño y asombrado.

—Es que ya no servía para nada
—respondió la pelota,
mientras le hacía un guiño.

Tenían tantas cosas que hacer,
¡que no podían perder ni un minuto!
Entonces, alegres
y con todos sus sueños a cuestas,
partieron.

El lápiz quedó allí,
junto a la desvencijada caja
de cartón.
Hasta que un niño cabizbajo
y sin amigos lo encontró y...
ya os imagináis qué sucedió,
¿verdad?

Hank the Pet Sitter

#5

Ralph the Very Quick Chick

by **Claudia Harrington**   illustrated by **Anoosha Syed**

Calico Kid

An Imprint of Magic Wagon
abdopublishing.com

To my brood of chicks, Tess, Gretchen and Emmett, with love. —CH

To my family —AS

abdopublishing.com

Published by Magic Wagon, a division of ABDO, PO Box 398166, Minneapolis, Minnesota 55439. Copyright © 2019 by Abdo Consulting Group, Inc. International copyrights reserved in all countries. No part of this book may be reproduced in any form without written permission from the publisher. Calico Kid™ is a trademark and logo of Magic Wagon.

Printed in the United States of America, North Mankato, Minnesota.
052018
092018

Written by Claudia Harrington
Illustrated by Anoosha Syed
Edited by Tamara L. Britton
Art Directed by Candice Keimig

Library of Congress Control Number: 2018931369

Publisher's Cataloging-in-Publication Data

Names: Harrington, Claudia, author. I Syed, Anoosha, illustrator.
Title: Ralph the very quick chick / by Claudia Harrington; illustrated by Anoosha Syed.
Description: Minneapolis, Minnesota : Magic Wagon, 2019. I Series: Hank the pet sitter set 2; Book 5
Summary: Hank discovers that baby chicks may be cute... and fluffy... but they're also very fast, especially when they escape! It's not until Hank pretends he's a mother hen that he is able to round them up.
Identifiers: ISBN 9781532131738 (lib.bdg.) I ISBN 9781532132131 (ebook) I ISBN 9781532132339 (Read-to-me ebook)
Subjects: LCSH: Chickens--Juvenile fiction. I Animal running--Juvenile fiction. I Pet sitting--Juvenile fiction. I Pets--Juvenile fiction.
Classification: DDC [E]--dc23

Table of Contents

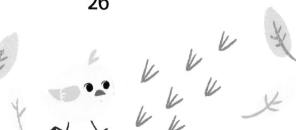

Chapter #1
Job Needed

It was Saturday morning. Summer was in full swing. Hank's pet-sitting service was going strong. Word had spread faster than the story about Ben's lost swim shorts.

"I wonder what I'll get next," said Hank.

"Hopefully not a pig," said his dad.

"Or a sheep," said his mom.

"Maybe something small," said Hank.

The doorbell rang.

"Hi, Melissa," said Hank as he skidded over. "Hey! What do you have in the box?"

Melissa held a box. A noisy box.

"Peep, peep, peep!" cheeped the box. "Peep, peep, peep!"

"Can you watch my chicks for the weekend?" asked Melissa.

Chicks! Chicks were small! Chicks were cute. Chicks wouldn't eat his mom's hairbrush or make a mess with cocoa.

"Sure!" said Hank.

Melissa held the box tight. "You have to keep them warm."

"Okay," said Hank.

"Like in a spare room," said Melissa.

"Okay," said Hank.

"Or a corner with no drafts," said Melissa.

"Okaaaaaay," said Hank. "They can stay in my room with me. When are you leaving?" Melissa was bossier than Janie!

ugh...

"Here's their heat lamp," said Melissa. "You might have to adjust it. If the chicks huddle, they're too cold. If they hang out around the edge of the box, they're too hot. I'll set up their food and water, too."

"So, when are you going?" asked Hank. He couldn't wait to lift the lid!

Chapter #2
Meet the Peepers

"I'm leaving this afternoon," said Melissa. She carefully lifted the box's lid when they got to Hank's room.

"This is Pecky," she said.

"Peep, peep!" said Pecky.

farm

"And this one's Scratchy," Melissa said, setting up their stuff. "The other three are Cheepy, Fluffy, and Ralph."

"Ralph?" asked Hank.

Melissa laughed. "For my brother. He was being a brat! So, I made him a hen!"

"Peep, peep!" said the chicks.

"Peep, peep, peep, peep, peep, peep!"

"Awww," said Hank. "They're so fluffy!"

"Just keep them warm," said Melissa. "And whatever you do, make sure they stay in the box!"

When Melissa finally left, Hank opened the lid.

His mom and dad came in.

"Cute!" said his mom.

"Cute!" said his dad.

"Noisy," said Janie, walking in. "You better keep them quiet. And warm."

"Shut the door!" said Hank's mom.

"Lock the door!" said Hank.

A breeze blew in behind Janie. The chicks huddled close.

"Oh, no," said Hank. He moved the heat lamp down.

"Peep, peep, peep," said the happy chicks.

After the chicks ate, Janie left and Hank's parents went to fix dinner.

"No chicken!" called Hank. He picked up Pecky. Or was it Scratchy?

The other chicks stopped pecking their food. Ralph flew to the top of the box. Before Hank knew it, all four chicks followed Ralph out!

"Come back!" he called, but the little chicks scurried across the room.

Janie came back in. "What's the fuss?"

The baby chicks skittered right out!

Hank put Pecky back into the box. Then he flew out, too. "Janie!" cried Hank.

"Hank!" cried Janie.

"Peep, peep, peep, peep, peep!" cried the chicks.

Chapter #3
Loose Chicks

"Give me the lid!" cried Janie. She scooped at them and missed. Hank grabbed the box as Ralph led the chicks down the hall towards the bathroom.

19

"Wait!" cried Hank. After Elmer, his parents had made him promise no more animals in the bathroom. He leapt forward and slammed the door just before Fluffy ran inside.

Instead, Fluffy went through Hank's legs, followed by Pecky, Scratchy, and Cheepy. Where was Ralph?

Something soft landed on Hank's head.

SLAM!

"Don't move!" Janie swung the box lid but hit Hank instead. Ralph half-flew, half-hopped down the stairs.

"They're getting away!" cried Hank. Halfway down the stairs, Hank got an idea. He slid down the banister to get ahead of the chicks and raced to open the coat closet. "Janie! Chase them in here!"

But the chicks didn't listen. Instead of going left, they scurried right. They ran into the dining room and under the table.

Hank lunged with the box and hit his head. "Ow!"

WHACK!

Janie laughed.

"Look what you made me do!" Hank yelled.

"Me?" Janie kept swinging the box lid. "You hit your own head!"

"Get them!" cried Hank.

Janie and Hank swung the lid and box together.

But all they caught was air.

The chicks huddled close and ran past Janie, right into the kitchen where it was warmer.

Hank scrambled out from under the table.

"Mom! Dad!" yelled Hank. "Don't move!"

Hank froze. The chicks were under everything. He'd never catch them in the box. And if he lost Melissa's chicks, his business would be ruined. And he'd never get his bike!

Hank put down the box. He put some food on the floor. The chicks scratched and pecked. But when he or Janie tried to grab one, it squirmed out of their hands.

"Maybe if you make a path with food, they'll follow it," said Janie.

"Will it work with you?" asked Hank.

"Tsk," said Janie.

"Stop clucking!" yelled Hank. Wait! That was it! He knew what to do!

Chapter #4
Goodbye, Chicks!

Gently, Hank tiptoed to Ralph.

"Peep, peep." said Ralph.

Hank stuck his elbows out and bent his knees.

"Bawk, bawk-bawk!" he clucked, waddling.

"Peep, peep," cheeped Ralph,
following Hank through the kitchen.

"Peep, peep," cheeped Fluffy, joining in.

"Peep, peep," cheeped Pecky.

"Peep, peep," cheeped Scratchy.

"Peep, peep," cheeped Cheepy.

They were a fluffy yellow parade! Hank stepped into the box and one-by-one they flew right in!

peep!

Peep!

peep!

Quickly, Hank stepped out, grabbed the lid from Janie and covered the box.

"Peep, peep, peep, peep, peep!" he heard. Hank peered in through the side hole. "Five," he said. "And warm. Phew!"

peep!

peep!

peep!

peach farm

When Janie left and dinner was over, Hank went to bed. "Who knew it was so much work to be a mother hen?" he asked.

Hank's mom laughed. "Me!"

His dad grinned. "You both rule the roost!"

When Melissa came Sunday night, Hank was pooped. He had feathers in his hair. He had feathers up his nose. He even had feathers stuck between his toes.

"They're so big!" said Melissa. "When they're bigger still, they might even follow you around. But they have to really like you."

Hank didn't say anything. He just smiled.

"Thanks, Hank," said Melissa, paying him.

"Bye, chicks!" said Hank.

"Peep, peep, peep, peep, peep!"